松下聽濤

戴一

蕭蕭　禪詩集

〔推薦序〕

寂天寞地裡的一個陶缽

蘇紹連

我與蕭蕭在同一個年代進入詩壇，初時他以詩的評論知名，我則純是詩的創作，兩人結合詩友先後創辦了《龍族》和《詩人季刊》（後浪）兩份刊物，才發現他的詩創作能量漸次噴發出來，於是我不僅驚奇也試著探索評論家寫的詩是否和他的理論有所關聯，或詩是否在揮舞他的理論旗幟。然而，這樣的探索，無疑是沒有必要的，他同時擁有兩種身份，但詩的評論家蕭蕭是導引詩路的燈，詩的創作家蕭蕭則是開拓詩路的腳印，兩者出發點就已不同，自是詩路上不同的角色，無須相互牽制。

是漸漸淒

我讀蕭蕭的詩，再幾年，就快近半世紀之久，從他的第一本詩集《舉目》（一九七八）讀起，到讀第二本詩集《悲涼》（一九八二），已烙下這樣的印象：「蕭蕭的詩，是獨自舉目於悠悠天地間，盡是瀰漫著一股悲涼的氛圍。」到了他六十歲時出版的詩集《後更年期的白色憂傷》（二〇〇七年），書名的「白色憂傷」四字正好呼應了「悲涼」二字，顯然蕭蕭內心仍遞延著悲涼的感受，雖然遲至更年期才自我剖白：「內心深處那一塊陽光照不到的地方依然沒有陽光臨蒞」（見《後更年期的白色憂傷》的自序），而其實那塊地方自年輕時期早已存在。

陽光照不到的，必然是陰暗的，要是有生命，則是掙扎式的靜默滋生著，或是，像被門關著，永遠見不到外面的世界。記得蕭蕭早期的一首詩〈孤鷺〉，寫了這種陰暗的情境：

我的清
路之最遠的那點，雲大無言無語落下
門關著。

詩中建構的背景空間之廣大之深遠，全在襯托那個聚焦之點的「我」（孤鷲），而這個聚焦之點，卻在變化著墨色的濃淡，漸漸淒清是漸漸淡化也是漸漸褪為白色。白色，成為代表蕭蕭憂傷的色澤，連白色也淒清掉了，就是空無。

蕭蕭在這種情境下，他的詩走往禪境，我認為是他打開門走出內心深處沒有陽光的地方、擺脫白色憂傷的一種方式。經過《月白風清》詩集，及至新著《松下聽濤》詩集裡，許多有關白色事物的書寫，已經有了不同以往的蒼茫霜冷，而是有了紅潤溫熱。「水一樣的白卻有／火一樣的溫度」（見〈一小口東湧高粱〉詩作），然而蕭蕭的火是文火，像熬藥一般，用慢火、微火煎煮，火小而緩，時久之後，白色漸漸透紅，終有了溫度。讀蕭蕭的詩，常常是這樣感受到溫度的，他即使有意寫猛烈的詩，但也不會任意縱火焚燒，燬去溫文儒雅的形象。

只有在〈寫給蕭邦〉這首詩，白色是猛烈的：詩的第二段，原先是「白鍵連著什麼樣不可解的鄉愁與思念？」仍持續著白色憂傷的底蘊，連結著鄉愁與思念，到了第三段，竟然是「白色花叢裡隱藏了一門火砲」！白色已不只是憂傷，而是藏著可以攻擊的火砲，火砲多猛，花叢多柔，軟中帶硬，全在白色之中。〈初冬心境九〉這首詩裡，蕭蕭更是大膽而直接的說：

「白色的是血」

這成了蕭蕭的白色書寫中最猛烈的一個意象。血，有太多的可能，除了可能是紅色外，也有可能是綠色，或可能是熱的，是冷的，都不一定，若不依詩題或詩行前後句來看，其象徵也有各種可能的意義。假如血不是紅色、不是溫熱的呢？這就要回到早期〈孤鷺〉詩中那種陰暗的情境了，像是另一首詩〈凜凜的威嚴何時爆出黃色的笑〉裡寫的：

「一屑屑冷霜，銀白在草葉／一屑屑冷霜，死白在心底」

門威嚴地關著，冷冷的霜，死白在心底。死與白結合一起，雲天無言無語落下，這種走回憂傷時期的情境完全不符合蕭蕭現今詩作的面貌，沒錯，憂傷也應該像道德戒嚴一樣解凍，詩作的表現隨著新的創作心境有了一百八十度的轉折，白色中的火砲裡爆出黃色的笑：「何時解凍，你問／我心頭一熱：何時爆出黃色的笑？」這樣的詩句，有了心頭一熱，才有「黃色的笑」突破了白色的禁錮，瞬間化解人際階級的對立，也把死白的憂傷全部塗抹為另一種顏色。

詩人的「心頭一熱」，多麼重要，熱，讓心解凍，心就有了動力，就能「起心動念」，如同車子發動引擎，讓詩的意念奔馳出來。心熱，改變了蕭蕭以往的創作心境，所以，現今的蕭蕭，其詩作是多彩的。讀《松下聽濤》詩集，白之外的黑、藍、黄、紅、青、綠、紫、褐、灰等色彩都有，但色彩不是這冊詩集表現的特色，而只是詩中的細節，除非如前面所述鋪天蓋地的白色，是被拿來當作主要的畫面色調，才會形成特色。我覺得這冊詩集給我三個主要的感受，反而和色彩無關，其一是「清朗透明」，其二是「恬淡自然」，其三是「交融平衡」。

清朗透明，是蕭蕭一貫的詩質特色，不是到了這本詩集才出現，他的詩從來沒有呈現汙濁模糊，在語言的形式和語言的意涵上，都能給予一個明確的詮釋空間，不是那種怪異、晦澀、含糊、未明等不能解釋的詩。

有脈絡可尋的詮釋空間，可先獲得作者提供的詩作意涵，再進入詩作的想像空間。這樣的閱讀經過，是依據詮釋空間和想像空間的先後雙重疊合，而產生詩的感受，接納詩作的全部意涵。若是沒有詮釋空間，則有賴讀者的感覺能力，包含以潛意識的、非理性的、印象式的、直覺式等不確定的方法去得到詩作給予的訊息，然而，面對沒有詮釋空間的詩作，往往很難閱讀，無法做內在或外在脈絡的解析，只能用「感覺」去統合每個句詞，這樣的感覺沒建立在詮釋的基礎上，往往是各人摸各人的象，要形成多人以上的共鳴或相同印證是難上加難。

我嘴裡沒說出的話語
是來不及的閃亮
一閃，豈僅是一亮！
你的眼神也阻擋不了

這是〈末語〉一詩的末四行，「沒說出的話語／是來不及的閃亮」，說出的話語是在詮釋的空間，沒說出的話語則是在想像的空間，蕭蕭的詩是這樣讓我面對的，清朗透明，除了能給予一個明確的詮釋空間外，更重要的是，也隱藏了一個讓人頓悟的想像空間，可見可感，像是高畫質的影像，通透而立體，沒有雜訊和障礙。

其次，我還面對了蕭蕭詩作中一種恬淡自然的特色，總覺得他的創作策略是把濃烈稀釋，把緊縮鬆綁，把壓力消弭，讓一切恬淡；他還把有意化為無意，無意，即無人為，一切就變成了自然。恬淡自然，在蕭蕭的詩創作上，是指詩中生活的態度，也是指詩中語言的態度。

詩能表現恬淡，讀者讀之就能安然、安心。蕭蕭稱我散文詩有悚慄特色，我也認為自己大部分的詩創作是走黑色路線，既驚心又動魂，不時給讀者在閱讀上造成心靈的地震；而蕭蕭的詩卻與我相反，他走白色路線，塗抹詩句，顏色輕淡幾乎潔白無瑕，給讀者恬淡的享受，像是把心靈上不安的地震平息止住。

我用食指靜靜抹除
那不再懸浮的微塵
鏡子依然明亮昨日的明亮
不曾記憶一群微塵
懸浮的模樣

這樣的詩，絕對是以一種恬淡自然的態度來寫的，詩人可以用

「食指抹除」的人為方式，靜靜把微塵消弭，也可以由鏡子以自然的方式「明亮昨日的明亮」，不去記憶微塵懸浮的模樣。詩人生活的態度，造就詩作語言的態度，這是詩與人表現一致的真誠才造就得出來的，蕭蕭是確實做到了。詩語言的恬淡自然，不必是口語，不必是淺化，而是一種相映照於恬淡自然的生活態度，或是說恬淡自然的語氣和心境。

另外，蕭蕭的詩作有一個突出的特色是「交融平衡」，從《松下聽濤》這冊詩集的分輯主題來看，輯一「茶禪一味」，擺明了這是以茶和禪交融所寫成的一輯詩，輯二「情悟雙和」，則擺明了這是將情和悟交融所寫成的一輯詩，如此方法，很顯然是為了呈現兩者之間的「交融平衡」這一特色。交融，在詩的創作上是指詩中各種不同元素的碰撞接觸之後進而相互滲透，終至焊接融為一體，這樣的方法，可使作品內涵不致於淺薄化、扁平化，融合後的厚度，也就是詩的厚度。

在蕭蕭的詩作中交匯融合的，不只有物我的交融，還有天人的交融、思想的交融、文化的交融、傳統與現代的交融等等，更多的是情與悟的交融。交融，換個說法，亦即是各種具象或是抽象元素完美的共構，例如「水乳交融」，水與乳混合有無限的密合度。詩人要將世上不可能共構在一起的元素交匯融合，給予新的情境和感悟，有如要化腐朽為神奇，蕭蕭的詩中說：「詩人與橘／同屬於芸香科」，詩人怎麼可能和橘交融於芸香科？「我回到寺內的蟬聲中／石獅子留在他自己的蟬聲裡」，寺內的和石獅子的蟬聲不都是交融在一起？「關於青鳥青天青蛙同屬一家族／這件事，我很清楚，你呢？」同屬一家族，是以「青」字交融吧？蕭蕭以他的視野，選擇如此共構為詩的元素，令人不得不信服。

　　但有些不同的元素得永遠是處於平衡的狀態，才能共存。平衡，也是蕭蕭的詩作結構方式，像是走鋼索，手持平衡桿子，以自身為支點，身卻不能固定，得不斷往前行，不管遭遇空氣阻力或其他因素變化的影響，都得能克服，逐漸走到另一端。平衡，是元素和元素之間的協調，有了平衡，詩裡的混亂動盪才能澄明靜止。平衡，是一種美感，更是一種心理調節的過程，讓傾斜的、不安的，都能回到穩定的狀態。

差堪告慰的是
地水火風四大俱在時你見證了　空

不堪聞問的是
中油榮化藍色綠色持續在見證　空

蕭蕭為高雄七三一大氣爆而寫的這首四行詩，其意涵交匯融合於「空」字，「空」字成為平衡的支點。如果詩只有第二段，寫中油榮化藍色綠色諉過的事象，則詩意單薄而扁平，同樣如果詩只寫到第一段而沒有第二段，則未免意埋深奧，也擊不到事件的痛點，故兩段都得同時存在，同時見證「空」這字的象徵意義，沒有傾斜，既是平衡，又是交融。

蕭蕭的詩創作，一路走來，從悲涼到溫暖，從憂傷到療傷，從茶到禪，從情到悟，他是很用心的依自我的抉擇發展自己詩作的特色。這是我所能看到的感受，但要我為蕭蕭的詩集寫序，著實令我寢食難安，因為不知如何寫才能適宜得體，一直猶豫著好多日子而找不到落筆點。蕭蕭如同我詩路上同行的親兄長，但對於創作的事，他寫他的，我寫我的，從來沒有對談過兩人詩創作的觀點，或是交換過意見，現在這篇序談了他的詩，我實只能用印象的、直覺的、粗略的、自以為是的見解，斷斷續續的以散章的方式來寫，正好顯示了我論述能力之不足，論點之荒謬，弟不如兄，甚覺愧然。

有些讀這冊詩集時的筆記片段，附抄於下：

蕭蕭的詩作中，有很多「不一定」「未必」「也是」「？」的用詞，像是質疑，其實是一種寬容。他會用極誇大極縮小的「數字」，來增強錯愕感。他喜歡用類比，來推演他的詩意。他的詩作句式多變，語法新舊交替。他寫的現象之理，就是他的人生哲理。他的意象，很多是比喻的翻轉。他的詩作不驚心，是因為避開了超現實的激烈事象。他終於放開治學的嚴謹，給自己的創作更多的出口和自由。他的詩作世界是人間的，是對外相互交往的。……

最後，我很喜愛詩集中這首〈寂天寞地〉僅僅四行的詩作，提出來分享：

雙手握緊陶缽微凸的肚子
來而又往摩挲著
千幸百幸萬幸
還有淡黃冷月缽底相伴

我們曾經身材瘦削的年少，如今也進入老年期，鮪魚肚就當作是一個陶缽，雙手來而又往摩挲著微凸的肚子打坐冥想，這樣過著「寂天寞地」的日子，彷彿人又像從前那隻漸漸淒清的孤鷺，但雲天不再是無言無語落下，因為缽底裡有淡黃冷月相伴。是的，有淡黃冷月，這心意就滿足了。

〔目錄〕

輯二　情悟雙和

輯一

茶禪一味

白海豚——彰化海域所見

海是藍的，浪是白的
你應該有一條清淨的路
可以隨意戲逐
可以在自己形成的浪花中
化身最白最大那一波

天藍著自己的藍
所以雲隨意轉彎，隨意白
一如毛筆一任心意轉側
筆鋒留了白，藏住了神

二〇一一・〇一・〇三

黃鸝鳥——明道校園所見

整個頭亮麗的黃不是真黃
必須雙眼配上一副帥勁十足的墨鏡
全身亮眼的黃亦非真美
必須兩翼拉出帥氣的黑色長流蘇

鏡湖是湖也是鏡
你以倏忽的身影說花月
我坐定自己
在天空的倒影裡覷見
那一閃而過的虛或實、滄與桑

二〇一一・〇一・〇三

你不在那裡——寫給先父

我去了墓園
我知道，爸爸不在那裡
我流落眼淚
眼淚不知道流向左手右手或是心底

我去了你常去的田岸邊
我知道你不在那裡
黃昏的日頭靜靜墜落
墜落，竟然可以這樣無聲無說

我去了冬尾才會去的戲棚下
我知道你不在那裡

布袋戲翁仔猶原在奔波
奔波，為什麼沒了結的時候

我來到六十四歲的年歲
我知道，你也不在這裡
長長的路看不到盡頭
盡頭，會有你微微的笑容？

二〇一一・〇一・二十

你不在那裡——寫給詩

清晨五點半，文學史剛開始
黃鸝鳥嘰嘰而麻雀喳喳
你不在那裡
生機卻在那裡

秭歸與汨羅江之間水面茫茫
漁夫數點
一聲兮來一聲些
繩索與船槳窸窸窣窣在摩擦
你不在那裡
香草的韌性一直在延展

創世紀或者臺灣吹鼓吹詩論壇
數不盡的網絡、飄不散的油墨
血肉與靈魂裡穿梭
你不在
情味，她一直在

落葉飄零，夕陽沉入海峽那根線
你不在那裡
也不在我懷裡
我在你心中坐穩，不來不去

二〇一一・〇一・二十四

湖岸碼頭——寫給明道的孩子

你的心在等待詩——

大地十分清楚雲飄飛的意義
風中的荷切切望著席慕蓉的畫筆
月亮只需要李白呵氣
不論全圓、半銀，中天或池底。

濁水溪的水肥了
蠡澤湖的綠波蕩漾了
黃鸝鳥啼叫了
看看你的行囊，葡萄酒一般芬芳

——遠方那片天空在等待你的翅膀

二〇一一・二・十八

過三峽——為阿利老師母子過三峽而寫

船過三峽，浪拍打著歷史的岩岸
我聽到森林的呼吸親吻著臉頰
心臟的回聲呼應著櫓槳與江水的對話
像母親的關懷父親的愛那麼長的離騷長句
怎能不藏著宇宙的旋律
怎能不在詩的原鄉綻放浪一般的花

船過三峽，孩子與我站在船舷邊
感受人生最艱險的浪濤
我握著孩子的手避開兩千多個暗礁
像父親的愛母親的關懷那麼長的長江水

怎能不流進孩子愛詩的心
成為他旅途裡永遠響動的歷史潮騷

二〇一一・〇三・十六

橘，詩人勃勃躍動的心——歌詠屈原

詩人與橘　同屬於芸香科
即使殘雪壓枝
猶自吐露驚蟄以後清淡的香氣
那是天地間立穩自己的嘉木
早早標定伯夷的志節
調整好呼吸
風狂雨暴也不會有一分釐挪徙遷移

枝幹褐黑，吸足陽光的莊稼漢
撐起一片屬於自己的天的晴藍
深綠有勁的葉子
透露著內心的堅持

封殺了腐敗的速度，也抵擋得住
排山倒海　那誘惑的密度

這山這水這土地
這橙這臍這詩人
甜酸多汁的生命源頭，詩的原鄉
多竅的心，多瓣的才智
越是殘雪壓枝
淡淡　淡淡的清香越清遠
心靈的芬芳直達歷史深處

二〇一一・四・十五

寫給蕭邦

兩百年前一聲嬰啼
就像尋常簷滴
每天飄飄盪盪　風的低語
或是海浪拍擊岩岸、沙灘
潺潺溪水奔赴母親寬柔的衣襟
有時吆喝家畜家禽，打開櫥與窗
木頭摩擦木頭軋軋之音
那樣平凡，人類日常呼吸
相呼且相應

黑鍵連著什麼樣的琴弦
白鍵連著什麼樣不可解的鄉愁與思念？
是多沉重多艱難的腳步

踩入泥土，才會窸窸窣窣
是什麼樣的沙可以終身攜帶身旁，晶瑩閃爍
永遠陪葬身旁？
都交給縝密的心吧！交給簡簡單單
升高的黑鍵，平整的波蘭平原

白色花叢裡隱藏了一門火砲
傾注在波蘭田野上的淚，終於發了光
東方海島上的浪濤
尋常飲水的地方，終究要發出
另一種異響

二〇一二・〇二・十四

月光約會

一

一年又一年
我種了一排樹在我的田野上
沿著我的憂傷和惆悵

當我年老時
循著排樹和月光
可以返回我們相約的小農莊

二

李白的月光
是霜的顏色，適合想家

蘇東坡的月光
水一般的倒影，可以波動你的心

爸爸的月光
靜得連狗都睡了，所以睡了
我和你的月光
是霜的顏色，適合想那遙遠的家

三

前年我們約會
披著月光聽著彼此的心跳
去年我們約會
自備蟲鳴和蟬叫

三月我們約會
車頂就是天，沒有星輝辰光
九月我們約會
頭頂就是地，沒有前門也沒有後窗

二〇一二・〇七・二十四

行腳僧的牽掛

我是落單的行腳僧
走過一世風塵、兩世風霜、三世風雪
遠方那淡白的月
渺小為天邊無人注目的晨星

行雲一般的我
走在佛陀不在的路上
不倉皇，不匆急
讓祂趺坐於心尖裡小小的殿堂

絕棄所有紅紗線的情意
息心在兩排孔雀豆成樹前

空氣中傳來花的清香謦之悠遠
乾裂的莢果卻迸出七世暌違的你

二〇一二・〇八・〇二

詩是森林

有人把花別在頭上，隨風搖曳
有人把花插在瓶中，讓水要溢未溢
有人將樹扭曲成瘦瘦的盆栽
將樹種在七號、八號、九號公園裡
那是生活裡的美
誰都可以因為這樣的設計而沾沾自喜

生活裡的美未必是生命中的詩
誰能沾沾自喜，因為不設計：
縱任苔蘚蔓延於可以滲出水分子的石頭上
任胡楊木瘦削在廣袤的沙塵風暴裡
任台灣杉整排整排深入雲端探聽風的訊息
且任狗尾草綠著他自己的不綠之綠

這是詩的森林
生命中的詩恆等於生活裡的真

二〇一二・一〇・三十

我是一隻小鳥

我是一隻小鳥
如果只跳躍在你的眼前、樹前
即使是屋頂的邊沿
我真的只是一隻小小、小小的小鳥

當我一頭栽入廣大的天空
飛越遠人、遠洋、遠山
越遠越渺而越小
成為遠方小小的渺渺的飛蚊症小黑點
和天空一起無憂無慮無邊無際且無終無始
我真的還是一隻小小、小小的小鳥

二〇一三・〇一・〇八

你是最小的那一粒沙

這一粒沙撞擊那一粒沙
是不同於那一粒沙撞擊另一粒沙
而且容易被海浪
掩蓋了過去
所以這一粒飯是不同於
另一粒飯的香
且與那一粒飯有著不同的甜度
這時，你是其中最小的那一顆
還能叫出最後那一聲嗎？
如果你是最老的那一顆
總認得浪花的腳步
從未規律自己一定得是浪花吧！
至於浪叫的聲音

誰會知道那是高八度的哪一度
誰在浪底又能釐清
浪花的層次？

二〇一三・四・二十

分際——讀鄭愁予詩〈偈〉有感

只不過三個星期二十多個日子
正黃風鈴木就不再騰達飛黃
走入自己的後宮
迎接他的是提燈籠的螢火蟲

驚蟄穀雨之後
立夏立即裁剪春的綠袖子
香氛中，春茶早已留下微笑
在農人純樸的嘴角

我們乘願自來
必然也會隨緣他去

六合的天地
豈僅是三萬六千個分際所能限拘？

二〇一三・〇四・二十三

與屈原戲水

入江入海，屈原選擇水
維繫自己一生志行的芬芳與潔白
彷彿一心二葉委屈已久的茶葉
投入沸滾的水中既展且伸，而飛且騰
那江那海，頓然，就不再是那江那海
振盪而為全中華的茶湯
溫潤龜裂的心靈
濟世之願隨之轉化為遊龍之心
那是彰化西海岸戲水的白海豚
逍遙數萬里且游且騰，千年白在

千年自在，江河海洋深處找上岸為彰化子弟
八卦山腳與翁鬧相親、與屈家為鄰

以水意象為意象、水思維為思維
大而化之，這世界竟然可以
化而大之
戲水游世之心總是含蘊著淑世小願
漾著蘭草檀木的香氛
以詩，漾著一片水藍、幾點浪花的白
猶如彰化西海岸戲水的白海豚
逍遙數萬里且騰且游，入洋入海

二〇一三・〇五・二十

斷句二

一

他們把缺憾還給了天地
——我，還能擁有甚麼？

二

他們把缺憾還給了天地
——天地呵！你還我小缺還是大憾？

二〇一三・〇五・二十二

蟬聲外

走出寺門外
卻還在蟬聲裡
我與石獅子對望了一炷香
花香穿過了我又穿過了那廣大的虛空
我回到寺內的蟬聲中
石獅子留在他自己的蟬聲裡

二〇一三・〇五・二十三

一切只是月色銀白

佛即一切
信佛的朋友很虔誠地拱手
準確地在拱手的零點四秒：阿彌陀佛
那樣子很像我寫舊詩的三舅
他遇到偶數句句末
一定押個小韻
拿起酒一定嚷著：燙個酒吧！
真好，順口也順喉
而且還真選擇偶數句句末
押了韻，在匆急的仄聲字後

受洗的人很自然翻開聖經
嘟噥著熟悉的唇型

我是道路、我是真理、我是生命
好像理所當然
為我們張開又為我們溫熱，母親的手
陌生的是丟棄劍以後的劍客
我不是劍客，定格的他說：
我是劍
——一切是劍
風過處，轉身舖陳滿天銀白

二〇一三・〇五・二十七

放空

一

稻穗全然收割了以後
農田終於放下鋤犁鐮刀
把自己的胸腹坦露得像天一樣
開闊，一樣空
白日裡無所事事
看麻雀的尖喙啄西啄東

二

流水流過淺圳深溝
不用加快腳步
前面的流水已經漫過田埂
水田繼續扮演著水田的悠閒
黃昏時無所事事
看星星如何突變成流星

二〇一三・〇八・〇五

水邊——讀陳澄波〈彰化南瑤宮〉畫境

一層一次
又一次一層的積疊
那是生命濁重呼吸時
有力的肌理

多少層次的顏彩勃動
勃動著多少世代唐山客的汗血
黏稠的顏彩散塗在畫布
黏稠的血漬汗跡
厚塗在大地
或許一方水塘
媽祖半月形的妝鏡
可以聊借來沉靜雜亂的心靈

抹去淚痕
多方映照遠天淡藍的倒影
那重重塗抹的白，天上水中
敢於直面人生，無端由的虔敬

二〇一三・〇八・十三

一小口東湧高粱

一

白色浪花碎裂在岩石上
發出了巨大的聲響
那時，我只啜了一小口東湧高粱

二

李白的霜星星點點鋪滿我的窗口
即使是在自己的家鄉
也不免有自己的鄉愁
我又啜了一小口
東湧過來的　高粱釀的酒

三

不是說只要一小口就滿足嗎？

水一樣的白卻有
火一樣的溫度，而且
木一樣直直
竄升心窩竄升百會
金，一樣要你五體降服
土穩穩實實
讓你在夢境裡一樣黑甜沉穩
那就來一大口東湧的海湧吧！

二〇一三・〇八・二十一

佛在馬祖

東引湧過來一陣涼一陣風一陣涼

北竿釣起九個夢

佛穩坐在東湧高粱潔白如夢的透明中

南竿釣起雙重虹

西引湧過來一陣風一陣浪一陣風

二〇一三・〇八・二十三

沙與沙之聲

他們都說那是一粒沙
我總覺得應該是一顆石頭
如果不是石頭，應該也是
一個與身俱足的石頭小子

石頭小子的爸爸（或者媽媽）
你說，能夠不是石頭嗎？
石頭小子的兄弟姐妹、堂兄弟姐妹
許許多多表的很遠的表兄弟姐妹
能夠不是石頭嗎？

別人眼中的小刺，可以是你
眼裡的樑木

所謂樑，或棟
或者稱之為大柱子也罷
是可以撐起防雨防漏防風防寒的屋頂
撐起一個國家（我想說的是格局）
甚至於
一片天
所以推而論之
你心中久拂不去的微塵
恰恰好別人眼裡的一片風清月明
你眼中一粒細細的沙
別人心裡一顆大石頭
石頭落地，怎能不發出一聲巨響！
在上游你摸著石頭（誰能摸象）渡河？
在下游

石頭摸著你的腰你的腳
摸著你的腳趾頭渡河

不提曹雪芹那色老頭空居士
一部辛酸血淚長史
一粒沙如何能深刻記憶？

不提鳴沙山　那沙那山
沙沙與沙沙撞擊　那響聲
哪一夜不是轟轟隆隆響在如雷的枕上
無鼾的夢裡
磊磊的心中丘壑！

二〇一三・九・五

風與風之聲

難道只有小和尚才會疑惑
旗子會飄、旗繩會動
為什麼旗桿卻那麼篤定動也不動？
風動？旗動？
師父說，是仁者心在吟誦？

小和尚的心更疑惑了
從此
旗子隨他飄
高興也飄，不高興也飄？
旗繩隨他去動，或不動？
——因為我只能是風
獵獵而響的，那不是我

篤篤不動的，那不是我
拂過情人臉頰泛起腮紅
盪在情人唇邊微微帶著酸甜
吹落紅花那嘆息
浮動朝陽那歡呼
這個那個或者另一個，都不是我
我只能是風

——或者寂然。

小和尚摸摸削去三千煩惱絲的頭
沉思著
——或者這也是另一種寂然：
除去草
是為了不讓人感覺風的存在？
但風聲一直在流動呀！
削去三千煩惱絲就削去情與愁？

但鳥鳴依然讓山更幽呀！
風定，花還是落著
潮退了，岸還是留在岸邊
鳥飛過天空，沒有留下翅膀
情人走了，你憑什麼氣味尋我？

菊花的香氛淡淡且微微了
不一定淵明來過
旗子不飄出聲音
風可能就駐留在你心間

小和尚笑了
原來仁者的心就是確實覺知
那飄著的旗流著的風，且讓他
　飄著的飄著，流著的流著

二〇一三・九・九

水與水之聲

所有的人都在驚惶
老天倒水的速度未免太快了
那桶那盆未免太大了
其聲其響那孟浪，連讚賞簷滴的俳句
也止住不語了

所有趕赴大海的溪圳江河
步步驚急
誰停下來看看楊柳的手或腰　如何纖細
誰停下來聽聽石與鵝卵石的差異
誰停下來想過先有岸、還是先有岸中水
先有人還是神

先有水，還是先有水之聲？
又有誰記掛水的走向——誰的遠方

海，在別人的遠方靜靜地靜著

所有趕赴大海的腳步
很有可能將溪洲滾成兩岸
將兩岸蹂躪為土石流競技場

海，靜靜地在別人的遠方靜著

海，在自己的內心深處靜靜
鼓盪著
雄渾的低沉嗓音
逐層逐層堆疊出去
直到海底的沙粒也被攪動

直到天空中的海鷗也拉長一聲嘎——
一聲一聲嘎——
岸邊的危岩等著浪來
才有那麼一聲驚嘆　呼應
可惜沒有師父恰恰好在海邊
沉思漫步，可以默默告訴我們
為什麼會叫的海叫了
不會叫的岩石也叫了？

回到簷前桌邊
我放棄跟世界滔滔爭辯
只傾聽杯水之聲
——曾經滾沸過如今涼為二八度的一杯水

二〇一三・〇九・十三

鼓與鼓之聲

黃昏的時候
夕陽為西天帶來彩霞
眾多的眼睛讚的讚嘆的嘆
雲沒說謝謝
遠處山寺的鼓聲這時也響起了
心，微微震了震
耳膜也沒說一句謝謝

要謝空氣的傳導嗎？
將鼓槌與鼓皮（是鼓的唇或古嗎？）
〇・一秒的相遇又〇・一秒的相遇又〇・一秒
綿綿傳來耳膜又傳至心瓣
形成一則則傳奇

或者要謝謝那隻吃草的山羊、耕田的水牛
耐風耐雨耐霜耐寒
如今耐打的那張韌皮？
是不是繃緊的皮更適宜道盡風霜？
那道不盡的風霜
又在哪樣的鼓聲外讓人心悸？

或者該謝謝那些支架
他們撐起的空
讓血液流動
讓聲與氣、氣與息相通
謝謝那些拼裝的板塊——鼓桶
讓迴的迴遶的遶
聲音迴遶在空與空之中
直到耳朵裡那一層薄膜
薄膜所振動的某一個穴道中的空

或者感謝逆增上緣的鼓槌
那是多大的手的力道
多慈悲的心的渲染
多痛快的擊打！

鼕，模仿著痛
鼕鼕鼕，痛痛痛
逆逆逆，你你你
你，模仿著無形無聲的痛

黃昏的時候
獨自走過淡水河邊
一隻破敗的鼓輕輕浮在水面
我看見了木條
萎了的鼓皮

老了的青春
這時，我謝謝曾經震撼我的鼓聲
——不在山羊皮、不在木板、
　不在棒槌、也不在耳膜的鼓之聲

二〇一三・〇九・十五

無與無之聲

隻手仲掌
我說了一些你預期中的家常
握緊手掌
我又說了一些非你預期中的荒唐
鬆開手掌
預期中你我說了一些東家長西家短

縮回單掌
你總算聽清楚了我叨唸的螞蟻蟑螂

二〇一三・一〇・二十一

阮阿嬤（臺語詩）

實實在在的山勢，有的高有的矮
彎彎曲曲的山溪，有的長有的短
爬不厭，潦不倦
茲個時陣
你的形影總是浮上眼前
牽著我的細枝手
教我洗艾草、燉菜頭
茲幅圖，茲首詩
唱未完，撥未離
永遠浮在我的目睭前

阿嬤
你總是不甘我離開你三尺遠

為什麼你會離開我五十年
不記彼一早我的便當盒
猶欠一粒菜脯卵
阿嬤
你總是教我做一個好秀才
為什麼你會離開我幾萬里
看不著我教出的董事長、總舖師

坎坎坷坷的人生，有人長有人短
涼涼冷冷的世情，有時少有時濟
看不曉，識不透
茲個時陣
你的形影總是浮上眼前
揪著我的衫尾枝
叫我款款行、斟酌看
茲幅圖，茲首詩

唱未完，撥未離
永遠浮在我的目睭前

二〇一三・〇九・二十五

十八問

一

天空向我們無止境地敞開心
我們可曾向天空
毫無遮攔地敞開身體？

二

當我雙手勤於敲打鍵盤
那樣深的夜的激動
你知道我擁抱著你嗎？

三

流水其實也問過大海：
上一世，我等你多久？
我的長度比起你的深度
是否更具愛的內涵？

四

七、百、年——只有三個字
回憶起來是快還是？慢？

五

關於青鳥青天青蛙同屬一家族
這件事，我很清楚，你呢？

六

我愛你愛我
這樣的一句類字句
能證得誰愛你比雲海多采？

七

山嵐消失時
有誰會叩問山嵐消失了嗎？

八

遠遠聽到一聲「啊——」
分辨得出：是訝然，恍然？
還是讓人顫慄的漠然？

九

出神那當下
你在你的生命現場嗎？
——或許你忘了逼問自己，或許忘了答
——或許我忘了我已不在你的生命現場

十

天明明在上，地沉沉在下
我如何能在天地之外
不讓淚回到地球的家？

十一

「你好嗎？」總是這麼輕易就道出口
有時對樹有時對人
大部分對著山上的大石頭
只是面對你——手機上的小圓孔
為什麼我說不出：「你好嗎？」

十二

我一直是他者
對於婚姻愛情百貨公司
勢利眼，翻雲覆雨手
一具具無弦也咿唔有弦也咿唔的古箏
一棵棵無風也淡然有風也淡然的古松

他者的意思——我一直在想如何讓你懂？

十三

在問號之後提出的問號還是問號
那，句點之後的肯定句
肯定不會是疑問嗎？

十四

四面八方的任一左側或右側
是否也算是一個誘人的方向？
傾斜一・〇五度之後
憑誰問：可口不可口？

十五

我住在你心的長城外，不妨說
也曾遷居你的心裡頭
比較喜歡在你的一掌之握中
更喜歡你常常鬆開手
所以，我到底是你的沙漠
還是綠洲？

十六

千江有千江之水
千江之水卻不一定會有千江之月
萬里無萬里之雲
萬里之雲卻藏也藏不住
僅僅是一面鏡子大小的青色天
如果你一定要問為什麼？
那先要問：
你想請萬里長的哪一寸
替青色天回答？

十七

設想你是十月的臺灣欒樹
我肯定勇於肯定欒樹的執著
設想我是變色蜥蜴
你願意隨著我的曲線、皮膚、節奏
改易操守？

十八

沒有雲的天空還可以叫天空
沒有水　淡而遙遠的香氛
那胸膛可以叫天堂嗎？
沒有教會的上帝還是上帝

沒有風在喘息的房間
可以叫天上人間嗎？

我將自己削，削成薄片。自己攪，攪成糖汁。自己燒，燒成輕煙。
沒有輕煙的冬天，你在哪裡取暖？

十九

——沒有了我，你才認得詩，是嗎？

二〇一三・一〇・〇一—〇八

初冬心境 十款

初冬心境一

入宋以後我已不用牛皮了
水邊的茅舍少有霜雪
我墨綠的林子裡
只長無人採擷的深色蕨類

初冬心境二

花還是會開——也會謝
星月不曾多瞄一眼
多瞄那麼一眼

其實也不至於延滯
星月西沉的時限

初冬心境三

風在或不在已經無所謂了
陽光薄得像雪
飄得進屋，還是飄而不入？
遠山垂著眼簾
不問逝水也不問飄移的霧

初冬心境四

節氣剛剛走到大雪之前小雪之後
水聲去到遠方
乾涸的河床上一顆顆鵝卵後的石頭

坦露自己
模仿我：心向天地開放

初冬心境五

瑟縮在大衣裡的一粒鈕扣
有著金屬性的悲涼
手摸著，腳尖知道
腳摩挲著，大地知道
瑟縮，不僅是字典裡的瑟縮

初冬心境六

當心境明晰如繁星在天
才知道星圖細膩繁複，扣合著
我們的生命悸動

拉一塊濕濕的山嵐在陳有蘭溪上
不是遮掩
是擦拭了稱讒毀譽的黑黶

二〇一三・十二・三・在小笠原山立望星空

初冬心境七

黑，屬於冬、或夜、或水
一如不寒而慄之慄自古歸屬我
當我被黑或水或陰冷完整包覆
火苗就在身體的炭黑裡
舞踊成蛇
——十六歲、十七歲的女舌

初冬心境八

是從逐漸萎朽的組織
判定時日無多
是從微弱的氣息
看著夕陽沉進冬日海面而無可如何

明朝末年我們所聞見的馬蹄聲
混著燒焦的草泥香味
又飄了起來

初冬心境九

白色的是血，紅色的是
鍋子裡跳槼的蝦

坐在青綠的菜梗上
我們一起瞭望　纖維泛紫
纖維泛紫了

初冬心境十

教堂的鐘聲冷了
一輛廢棄的公車停在遠遠
遠遠的小學旁
十分慈祥

二〇一三・十二・三十

懸浮的微塵

懸浮的微塵
靜靜穿過大漠、海洋
落在草葉枝椏
會鳴會叫的青蛙沒有覺察

懸浮著的微塵
靜靜穿過髮線、眉尖
落在鼻樑
帶著雪花一樣的微涼
失神的雙眼選擇了遠方的空茫

懸浮了很久的微塵
靜靜穿過唐朝的風宋朝的雲

落在一方琉璃的鏡面上
懸浮了很久很久的微塵
穿過明清少人翻尋的小品
靜靜落在一方琉璃的鏡面上
我用食指靜靜抹除
那不再懸浮的微塵
鏡子依然明亮昨日的明亮
不曾記憶一群微塵
懸浮的模樣

二〇一四・〇二・〇五

流水的歸宿

從懸崖縱落以後
就不曾羨慕太陽的軌道了

摩挲一顆岩石的稜角只那麼一次
我已了解佛陀
為什麼不選擇同一棵菩提樹下證成菩提

雨，滴落著
我想（雖然我在趕路）
天空不一定只有白色的雲
彩色的虹、灰色的鳥群
或許還住著品種繁多的絳珠草
一些些懸浮的微塵

你要掛單嗎？
大海在三十公里外鼓盪
潮汐來了又回去
是的，那不是我最後的歸宿

我在我的路上
我的路未必向下傾斜

二〇一四・〇二・〇六

不向佛陀行處行之若無其事

菩提那麼大的葉子掉落湖中
水，若無其事
三兩隻麻雀急急
飛向雲天深處

二〇一四・〇三・〇一

不向佛陀行處行之若有其事

湖面映現鳥兒飛過天空沒留下痕跡
這場景
天空熟悉

魚兒穿經湖水沒留下記憶
我的心也熟悉

二〇一四・〇三・〇二

且向佛陀行處行之若無其事

會懷念熟悉的鳥影的那片天空
會因鳥影熟悉而歡欣
會回憶魚的曼妙舞姿的那湖水
會因魚的舞姿曼妙而曼妙

花香的香，不香的還是不香

二〇一四・〇三・〇三

且向佛陀行處行之若有其事

樹的葉子借道天空
是為了讓人看見風的存在

獅子放慢了濁重的呼吸
非洲羚羊跳著跑

只有雲是無辜的
那無辜的眼神令人疼惜

二〇一四・〇三・〇四

石頭與我

石頭張開他的耳朵
不刻意去聽風聲
不刻意去聽寂靜
不刻意聽寂靜裡的雷鳴
我讓我的雙眼微微閉緊

不刻意去聽風聲
不刻意去聽寂靜
不刻意聽寂靜裡不一定有不一定來的雷鳴

二〇一四・〇三・〇八

我與石頭

石頭遠離六千度C的熱度
已有數千萬年
我心中的岩漿正沸滾，找不到
那隻赤道蝴蝶，引起兩極雪崩的
一扇薄翅

二〇一四・〇三・十

寂天寞地

雙手握緊陶缽微凸的肚子
來而又往摩挲著

千幸百幸萬幸
還有淡黃冷月缽底相伴

二〇一四・〇三・三十一

一缽茶

太陽的能量
是透過或厚或薄或稀疏的雲層
水的能量，透過
巨大岩石的小小縫隙
或者峰嶺之間的峽谷奔馳
或者就是土壤溫和謙讓

更大部分的時間
避開日陽
茶葉是在多潮的夜裡思考：
如何在採茶姑娘碰觸靈心的那一剎那
微微抖顫的身體
迎向溫潤
如何，在浪青者掌中

將自己與自己的伙伴
奈米式的滾動，舞成波波波紋
或者不思考，只冥想

當火來臨
茶葉抿緊雙唇
——蜷曲，是為了伸展
當水以滾燙之勢
包覆全身
——浮沉，是為了釋放

就是這一缽茶
就在我雙手的捧奉中
憑什麼，我可以啜飲？
就，這一缽茶

二〇一四・〇四・十五

屈原問天處

山路斷絕的地方
我立在危岩上
遠處的山壁直立嚴峻
鐵著黑色的臉
左手邊的霧嵐欺近我的下顎

天啊！
你那幽靜的蔚藍
可以隨意白雲舞出絲綢的旋律
可以讓風嘯傲的無涯無際的空
如今碎裂在宇宙黑洞的哪一個深凹裡？

我回首
任憑灰濛濛的霧霾漫過我的胸口

二〇一四・四・二十五

大紅袍

——大紅袍系列之一

那大紅的袍齊整摺疊
夫妻興奮對拜　那紅
那大紅的袍雙手奉呈
致敬高堂對燭　那紅
那大紅的袍枝頭一披
獨與夕陽對望　那紅

那時那紅不那麼紅
我們的茶叫德也
吐露著德業的芬芳
那時那紅漸漸大紅
我們的茶以大紅袍為名
披覆紅袍下感恩的土壤

從那紅，我們喝的是
紅紅的土地孕育的紅紅的血
紅紅的溫熱流淌的紅紅的愛
紅紅的陶杯裏覆的紅紅的心
紅紅的真誠託付的紅紅的唇
食指拇指捧起的杯

我們將大紅袍
穿在紅絲絨的唇上舌尖
穿在紅絲絨的心頭蹦跳的旋律軸線
穿在紅娘紅絲絨的手腕上
穿在紅絲絨的松雲間

穿過宋朝的煙嵐明朝的小品清朝的官道
穿過海峽融融的紅絲絨

二〇一四・〇四・三十

水仙——大紅袍系列之二

顯然她是比溫潤厚了一寸多
比海洋單純了一些些
較之於永恆等等
略為苦一點澀一點
近乎單戀片面相思
或者說是趨近百年蒼茫諸如此類
至於花的香氣
還不到蜜蜂嗡嗡讚嘆的程度
只是舌尖嘖嘖有些燙人
眾水之中如果想要成仙
那就微微昂頭提頸
三十五度的仰角可以看見

比天空朗爽的天空
比黑白琴鍵還適宜吟哦的蔚藍

二〇一四・〇五・〇九

肉桂——大紅袍系列之三

不信所有的香只來自碎細的花末
溪畔石等待螢火蟲
不信天際星帶來小確幸
窗前月鋪展素白茶席直到霜雪山稜

靜與寂濾去了五色
舒與緩安撫了五音
你在上善的水裡聽見箏聲
我在茶的葉脈辨識斷線的竹簡
終究不信箏聲中只有漫漶的竹簡傳奇
不留桂末碎細

二〇一四・〇五・十

黃觀音——大紅袍系列之四

我是可以穩穩坐進你的心中
一如浪尖在浪與浪聲的正中間
那麼圓滾而穩實

我是可以沉沉沉入你心中
彷彿杯底望得見的那一片　慈悲
眉微揚，目微笑
天風在三十三丈高菩提葉的馬尾尖

我早就踏著濕軟的水氣
飛馳在你的鼻尖、舌尖
以及他們說不上來卻飛了上來的雲水間

葉色漾黃，曙色泛明
我是透明的　你的禱告詞
在三寸與方寸之間
以真如觀世音顯世音長長遠遠

二〇一四・〇五・十二

第七泡水仙——大紅袍系列之五

已經是第六泡了
我們還未抵達三國赤壁的現場
有人提起這時候的小喬在哪裡漱洗
有人關心東坡面對的赤壁會長什麼樣的草木
有人問起了水溫
有人笑說不宜煮茶
那就等等吧！
或許要等孔明那把扇子搧起東風

二〇一四・〇五・十五

岩韻——大紅袍系列之六

讓駱駝商隊
穿過針孔
不會比在完固的岩石中
尋覓水分子
困難
讓水分子滲藏葉脈
也沒有
少女將愛與淚含在眼神裡
那麼
自在

那慢慢從正山小種撚揉過的葉菁
透露的鐵鏽的沉穩

是緩緩從千年的岩石夢境
醒過來的宋朝的松林清香細緻流動

二〇一四・〇六・二十八

轉彎的地方要有茶在舌底的記憶

溪水在岩石的身旁嬉戲
風在屋角一試再試自己的腳力
你不用想我
我正欣賞人龍上千上萬在我眼前轉身失逸

雲在天空的唇邊抿嘴
塵灰在快樂的區塊翔飛
你不用想我
我就在鵝黃的茶湯底與陸羽同沉同浮同沉醉

雪在雪山不猶豫自己的飄落處
海在岬角歡呼海的高度與呼吸

我不用想你
轉彎時你舌底總是含藏茶葉苦澀後的記憶

二〇一四・〇五・十六

普洱茶的漩渦

黑，所以穩
我以如意盤將自己穩在
普洱漩起的漩渦裡
享受生命中少有的孤獨情味

玄，所以玄之又玄
我的思緒在純黑中理出一絲白
勝過隨意的奶精
在深褐咖啡上繪出雲影樹形
我孤獨的靈舌試探光的前沿

陳，所以可以維新
你所不知道的深沉陷落

緩緩送出彈性
——力勁

因為將腐未腐，所以久藏
因為將腐未腐，所以
久久如酒
長長如迴腸盪氣的九迴腸

因為雲南，所以北迴
回到普洱漩渦裡繼續沉醉

二〇一四・〇五・二十一

小暑剛過大暑未消

走進看不見的風中
風把我包夾在袖子裡
我可以不探頭
也可以探頭看風如何甩著小袖

入夜後，我飄入你的夢境
你卻不知道如何消化我坎坷的轍痕與腳印

二〇一四・〇七・十三

曾經不經心

已經斑駁了的粉刷牆
曾經有南無觀世音菩薩的油漆字
已經風化了的女王頭
曾經有魚穿梭
曾經有陽光不經意經過

二〇一四・〇七・十四

晨訪杜甫草堂

昨夜微雨，我成了你的鄰居
這掛單一宿的高樓，暑夏潮潤
只與你的草堂隔了一堵很高很高的圍牆
那高度高過我額頭的白尊

清晨我在你屋前茅亭逗留一些時
茅屋的燈亮著
但我知道，你不在那地方

北側的芳鄰，曾經
　留連戲蝶時時舞
　自在嬌鶯恰恰啼
如今樹蔭葱蘢只留下一位小姑娘

對鏡無事，改賣胭脂花粉
更遠的高鄰仍然優雅
專售字畫舊籍
我買了一束你無暇展閱的竹編陸羽茶經
至於那些杜工部集
吟哦再三
我還是重溫自己熟悉的手澤吧！

踱步來到你茅屋前五步之遙
熟悉的稻草腐味
斑駁的雨水漬痕
走進我的眼簾、鼻腔
已經搬空的書架曾經放著誰的詩冊？
已經不動的磨坊曾經磨過多少苦辛
多少舊思新想？
虎邊突出的簷亭

是不是你負手來回吁嗟不已的地方
磨亮的橫木暫時借我歇放行囊吧！
雖然我的背包只有詩運的重量

好長的花徑有婦人清掃落葉了
你的客人漸漸多了
一位活潑的孩童正在朗誦：

　安得廣廈千萬間
　大庇天下寒士俱歡顏

或許你可以欣慰一笑吧！
天下廣廈已千萬間了
只是寒士如我如他如你
隨風隨水隨處賃居，依舊無歡顏

雨早停了
茅屋的燈還亮著

但我知道你，不會在草堂
或許我要在山巔水涘窮白處
或許我要等到黃昏日落時
遙遙望見
踽踽獨行乾乾瘦瘦那背影

二〇一四・〇七・二十

氣之一

氣，尚未變酸以前
我們的心已經酸過幾千回了

瀰漫在空中的不一定適合
穿過支氣管
誰了解詩的鼻腔需要濾淨美學？
遊行於峰嶺間的不一定適合
壓縮在硬管裡
誰懂得心所祈求的舒放空間？
這一端那一方的壓力係數
未必取得相等數字
誰　知道
誰知道平衡之必要也是一種生存哲學？

火光沖天時，我們來不及心酸
來不及心酸不是來不及痛

怎樣的一雙手可以承接
天的斷裂
我們在熱灰的熱裡
怎樣的一雙手可以阻止
大地的撕裂
我們扯開喉嚨聽不到自己的聲音
我們在熱灰的灰之中

我們的心已經酸過幾千回了
氣，可以逍遙如周嗎？

——為高雄七三一大氣爆而寫
二〇一四・〇八・〇五

氣之二

差堪告慰的是
地水火風四大俱在時你見證了　空
不堪聞問的是
中油榮化藍色綠色持續在見證　空

——為高雄七三一大氣爆而寫
二〇一四・〇八・〇六

輯二

情悟雙和

月，亮著李白的光

山高的地方
就會有雲幻化光影
就會有月　亮著李白的光

我已經來到了山腳
為什麼你還在海藻間
游移、閒聊？

關於品質、嫵媚與愛的度數

不是去年，更非前生、前世
恍惚的昨日　應該午寐之時
太陽亮在雲外
你的心也無端堅持：
關於品質、嫵媚與愛的度數

青松左側習習的晚風

偶然遇到你和你的額頭
好像撿拾了一顆白色鵝卵石
因而又認識了舌　與舌尖
那軟絲

——青松左側或右上
習習，習習的晚風

我的心神寸寸逼問自己

一隻失群的野雁
回到他熟悉的沼澤地
冰封的晶面照見孤寂
嘎的一聲叫
驚醒我的心神寸寸逼問自己：
你，你在哪裡？

凜凜的威嚴何時爆出黃色的笑

凜凜的一層威嚴
孩童每天五〇〇次朗朗的笑也不曾剝落一屑屑
一屑屑冷霜，銀白在草葉
一屑屑冷霜，死白在心底
何時解凍，你問
我心頭一熱：何時爆出黃色的笑？

末語

白雲就可以遮蔽陽光
更不提烏雲帶來的土石爛泥

我嘴裡沒說出的話語
是來不及的閃亮
一閃，豈僅是一亮！
你的眼神也阻擋不了

浮上純真

夜已深到海底了
為什麼你還穿著制服
不讓鈕扣放鬆自己？

海已深到愛的邊緣
偽裝的脂粉褪去了晚霞
太陽純真，何時浮上雙峰？

九層塔

九層塔一直在童年的蛋白裡香著
你在我奔逸的心上奔逸著

何以是九層、而且是塔呢？
我向高處望著

點醒沉睡的靈魂

芫荽用來提味
可以驚醒蘿蔔塊　沉睡的靈魂
餐桌上的你　點了又點戳了又戳蘿蔔碎塊：
我只願是你的蘿蔔泥

風過林梢

鸚鵡學著人語：
你好——
木魚也學著鸚鵡：
叩叩　空空　空空　闊闊

只有風過林梢那輕輕悄悄
每夜每夜不相似

問問迷路的羔羊

向南方飛去的雲彩
繞過地球
又從北方飄來
問過聖賢人生的方向
何妨也問問迷路的羔羊

青絲瓜裸著自己

循著蔓延的灰藤、綠色的汁液
你進入我的夢裡
開起黃色小花
不等我清醒透亮
一條條青絲瓜
裸著自己，黏稠著情意
枯萎了小黃花　不許回到夢裡

遠去的騰跳聲

騰跳著的鋼珠
會遺落下什麼？
遠去的騰跳聲不會揚起手遮著耳
審慎諦聽

所以我把你留在第七棵菩提樹下
學雲隨意翻滾
任浪隨意發出高低音

巡弋

一隻小船會憂慮的海的胸膛
交給鳥去巡訪
一隻小鳥會憂慮的天的無邊無際
交給風去巡弋

我游絲般的風箏線
只放在你的小手掌

雪未融風未動

蜜蜂剛出生的時候
蜂蜜尚未釀成
花苞尚未張開胸懷一般張開手掌
樹葉尚未轉綠
流水尚未吟唱
雪未融
風未動
我仍在你的等待中

哈達任天風撥弄

哈達可以純潔得像雲
或雪
或者泉一樣的白水
霜一樣的月光
紙一樣，等待書寫

哈達可以垂掛你的胸前
卻不能像你的心
任天風撥弄戲耍，隨光影晴陰

穿過松林的風聲

柴和米、油和鹽、醬和醋和茶
琴棋書畫詩酒花
不類近的音交響
不類近的人交換眼神和方向

穿過我松林的風聲
曾也不曾
穿過你所有的江雲和山峯？

秋色不好平分

你還分辨得清
蜜和糖、糖和水、水和乳的區隔
我卻不能分析戀人、情人、愛人的相異
這一世、那一世的分際

怎麼辦呢？
秋色不好平分啊！

片片好雪只落我心田

你那裡深秋就飄雪了嗎？遠山，深林
可以想見滿天飛舞的精靈！
雪的天地是單純的白

我不必瑟縮
片片好雪，只落我心田
蕩漾出微笑漣漪
我舉高勝利型的雙手
奔入那一片　晶瑩

歸鴻還是歸鴻

北地雪花飄落的幽會無所謂長亭
短亭
總還留下淺淺深深幾行腳印
南方茶香裡的眼神
如何牽繫住曾經的體溫？

我望著長空長嘯
歸鴻還是歸鴻，去燕仍是去燕
幾曾回頭眷戀　那一抹夕陽晚紅

誦經聲剛剛甦醒的溫度

我的指尖所輕輕觸及　風的軟腹
有著絲綢的柔與潤
有著誦經聲剛剛甦醒的溫度

少女的噓息吹起絨毛上的波紋
耳際，心底
水　漾了
春天的花　綻了
誦經聲在兩個響板後又緩緩如風迴旋了

風翻的經幡

風翻的經幡霍霍的響著
水轉的經輪汩汩的響著
都要從千年的沉睡中將我
喚醒
都要把我從萬丈的幽谷中
拉醒

風轉風的幡
水轉水的輪
我等待屬於我的指腹柔柔輕觸

遠方星空的回眸

白駒過隙時那一抹微笑
合該而又不該
掀起十里海岸線大暴走
三千多回深情的凝視
卻只換得一次　遠方星空的回眸

誰能修好算計這門課算計人生？

一絲絲怨絆住了後蹄

多年阿茲海默
多年擁擠胸口難以叫出的那兩個字
其實曾經在你的腦下皮層
閃爍過幾萬回

有那麼一回
幾乎就要從圈牧的羊群中
躍欄而出
卻因為一絲絲怨，一絲絲怨念
絆住了後蹄⋯⋯

翻尋

經幡上那麼多顏彩
只為吸引色盲的風多幾次青睞

翻白眼的浪
幾曾了解石頭與水的對話
大多不具玄思，沒什麼奧義
不外乎添衣、添飯，記得
多幾次翻尋我身上那麼容易翻尋的
愛

孔子未消失之前

消沉是必要的
如果樹的手臂一直往天空抽長
消瘦是必然的
因為肥胖的大部分是慾念
至於星星的亮度可以再降低三分五錢
孔子未消失之前，誰也不要離開地球表面

天空的豁達

我沒有玉山的挺拔
你也就不需要天空的豁達
我容許你一寸一寸草葉的搔與擾
天空卻失去了天空的豁達

最初的震顫

舌尖觸不到的地方
保有原始林的天真
就讓所有的震顫回到他的最初
指尖與指尖
眼神與眼神
渾與渾，沌與沌
零點零零三寸與零點零零三寸

花海深處

雨滴很重
塵灰很輕
他們都墜落到花海深處

不許問

不許問
大海蒸發後的去處
不許問
太陽照了一整天的熱都散去哪裡

除非你追蹤了
我羞赧的微笑為什麼在你耳根泛紅

水中的經頁翻動聲

我的衣服是水做的
可以輕易溜過右側的肩膀
我不在衣服上裝設口袋
你翻尋，翻尋不著
折疊了三千六百次的
波波水紋

啊，你翻尋，翻尋不著
超過三萬六千次的
水中的經頁翻動聲

檀香與月亮

我只讓檀香
翻過山巔、水湄
不讓檀香
越過你的眉　即使僅僅是三毫釐

我只讓月亮
照見我裸露的額頭
不讓月亮
穿透　我夢裡啜泣的薄霧

那聲波消匿在雪線上了

菩提樹在仁愛路三段、四段挺立很久了
風只在樹梢拂過
我的髮已經用手指梳過七回、八回了
鳥聲還在半里外

我喊你，你的名字，那聲波
穿過整整一排宋朝的古甕、蒙古人的馬背
消匿在雪線上了
你雪地上的腳印迷亂了方向

隨倉央嘉措冥想

在簷下冥想
你在雨絲與雨絲會心時穿梭
要織出彩虹溫潤的喜悅

我在林前冥想
你昇上雲間俯瞰
樹蔭側身的所在多少鳥聲雀躍

我在河畔冥想
你依著水部首那三點
上上下下，揮灑著清涼意

我在火堆旁冥想
你闖越沙漠
不尋泉源不探綠洲也不聞駝鈴聲響

我在海岸旁冥想
你泅游於智慧深處
時而是方舟時而舢舨時而像皮小艇

我在砧板上冥想
你已茹素
憑花果，沿莖溯源，緣著枝幹向著本根

我在縫隙裡冥想
你潛入孔竅中呼應
白雲千載都從山谷最狹仄的地方悠悠然笑出聲浪

我在遠方冥想
你也逗留天之涯海之角
清白的時候無風起茫霧

我在冥想那一剎那翳入冥想
你從電光石火的末梢
吐出香水蓮

我在無何有之鄉冥想
你捏痛自己的手臂
走進我的肝膽情愫接壤處同其聲息

石頭的我

我不笑的時候，其實
也沒有什麼人敢笑
仍然是石頭的我定定看著繁華三千

你不來的日子，其實
也不用指望誰會露臉
經書靜靜端坐紫金蓮
等待手指，如五十根無端的弦

關與關涉

茶與茶花、沙士與沙，不相關涉
蘇鐵、蘇打，甚至於
打鐵或不打鐵的蘇姓人家，何曾相關涉

你裸露的頸項跟我左手的圍巾
你右頰的梨渦跟沙灘我長長的腳印
心中圈養的小鹿與黑壓壓熱鍋上那一隊螞蟻群
渾然，也渾渾然不相關心

袖子

袖子是該寬寬大大的
一揮，就攬住快要墜落那夕陽
一揮，就可以攬住
　一扭就要離去那細腰

彼岸之前

擺渡在兩岸之間
山是河的彼岸河是山的，我是你的你是我的彼岸
那朵雲擺脫了山河你我的糾纏
那朵雲，不再是山嵐

隨手把我擱在岩石上

風雨平靜的時候
隨手把我擱在
任何一顆岩石的右側就好
我會跟著青苔一起不朽

月色皎潔的夜晚
隨手把我放在
任何兩塊磚頭的隙縫間就好
我會跟灰塵一起增加生命的厚實
在你看不見的那一瞬間一起衰老

花香飄散的春日裡
隨手把我丟在
樹後也好，籬前也好

我會隨著搬遷來搬遷去的螞蟻
數算夕陽幾度西沉幾度紅

溪水輕唱的清晨
隨手把我安置在人的腳印裡
或者車的胎痕裡　都可以
我會提醒自己跳開、逃離
就像那遠去的腳步聲
　　遠去的車輪聲
　　　遠去的歲月
　　　　或夢

鐘聲一聲聲響起來
隨手，那裡都不賴
就是不要把我藏在心裡
比起葡萄，心那麼容易腐敗

一下子流沙一下子流星

自從認識達悟族與飛魚
教科書不再承諾
所有的太陽都會從東邊那座山
奔彈出全然一張笑臉
所以你也不用許諾
一輩子是幾個加幾個一下子
一下子流風，一下子流雲？
一下子流水，一下子流沙？

菩提樹下那個行腳僧正在證悟
一下子也可能大於且長於一輩子
一輩子如風之流，一輩子似水而流
一輩子漂流

一輩子涕泗縱橫而流
匯聚多少個一輩子
也不過是南柯一夢裡那個楞小子的一下子

一下子，一抖索
一抖擻，一輩子
你的一輩子可不可能是那絲流雲的一下子
可不可能是那點小不點的　流星的一下子
你的這一輩子
消磨了我　多少個流星一般的一下子

我的夢境只有茉莉的香氣

從不敢奢望：一個深呼吸
可以了卻人間幾樁恩仇
草葉上的露珠
永遠順著葉脈滑落

從不敢誇言：一句祝福
可以送誰直上白雲天青雲間
壺蓋內的蒸汽
能有幾個小時的清純亮鮮？
幾分幾秒的渾圓？

從不敢宣稱：
我的領土可以觸及你的髮梢

我的髮梢可以改變你的聲息
我的聲息可以干擾你的夢境
——我的夢境只有茉莉的香氣

巴掌自有巴掌的遼闊

我在草原這頭書寫
你在草原那頭觸摸
——這草原也不過巴掌大
——巴掌大的草原自有巴掌大的遼闊

晨曦的回音

我棄置回音
走向夕陽
卻發覺夕陽一直是晨曦的回音
嗡嗡作響且音質清晰

直到深入黑甜鄉十二毫釐
仍有你在曠野的感覺

我與天無可如何

不上八卦山
我不知道我可以看見
鹿港，就那麼鑲在海峽邊

看見鹿港鑲在海峽邊
其實那當時我看不真切
鹿港的樓窗街景
更不要說
如煙如雲的歷史煙雲

其實那當時我看得真切又如何？
真切得像你的髮你的膚　那樣細緻
那樣的一次歷史裡的停格，又如何？

我也曾真切背誦過東坡的赤壁賦
一如背誦你的髮你的膚
那樣如流亦如瀑
那樣真切的歷史裡的一次停格
——又如何？

不上八卦山
你不會認識賴和
上了八卦山
你卻也認識了我　與天的無可如何

抵臨刀尖

如果你知道選擇鳳梨最甜的部位
那誰會選擇砂礫地
如果你躺臥沙發床最柔軟那一角
誰會讓毅力與苦難擦撞出火花？

極苦的那種痛，至痛的那種苦
我會讓它是你體膚層的傳說、舌面前的謠言
而我的腳實實抵臨那刀尖
冰一樣的寒凍
寒凍著

倚著星光相互婉轉

越過無數重的山嶽荒野、大難浩劫
你向清風依偎
身後的歡慶佳節都成為如煙而滅的灰

穿過家的圍籬、城的厚壁高牆
踏破九世隔絕
我向淡白的雲傾斜
身後多少土樓山闕
都化為淙淙流水

心事委曲的地方
或許只能倚著星光　相互婉轉

放飛在天空無心的所在

明月不可能日日圓月月亮
我不以明月長圓、圓月長亮祝願你
繁花不可能時時紅歲歲開
我不以花繁葉茂祝禱你
蒼天不許天天雨季季晴
不祈晴不求雨，我不以晴雨祝福你
冰不會不融
雪不會不化
我不以冰雪似的聰明祝頌你
春天一到夏天就顯得煩躁
我不以恆春祝賀你

把雲放飛在天空無心的所在
把水放生在大地卑微的地方
我們學東坡將雲與水放在文字裡自在地流自在地行自在地自在

在空之中晾著陰冷

十一度C，天是涼了
血管也跟著冷了
你的血液在遠方，熱著

十度C，天寒了
楓葉隨臉頰凍出了腮紅
腮，我能堅持多久的本色？

九度C，天凝了
那個隨口問起行腳僧落腳處的人
正踽踽趕赴天涯

八度C，天色靜了
我擠進全部的「有」之內
卻覺得是在「空」之中晾著陰冷

啜飲星光

還沒有走到的路
留給風蹓躂

還沒有欣賞到的星光
留給傷心人啜飲

流過去的流水還是流水

照在風鈴木上的月色
其實也照過舊情人
照過舊情人的月色
其實——不能算是舊的

跟別人生下小孩的女孩
會有聲音喊出：媽呀！
流過去的流水
其實——還是流水

聆聽石頭

石頭只說一種法：
石頭外的瑣瑣碎碎都是廣長舌
所有的廣長舌都在萬里虛空之外
之外，聆聽石頭

還是一片月白

初六那一夜
我借樹枝一枝　指月
月說：
還是給你一片白

我低頭沉思
為什麼是「還是」？

旋轉想像

你翻過書頁　如風翻過樹葉
劈哩啪啦的聲音　是聖人的叮嚀
我敲過的鍵盤　可能是畫家的調色盤
想像的旋轉　旋出了生命的彩虹旋律

潔白就是心的潔白

風放棄歌頌也放棄訴訟
把心中的堅持揉捏為一朵朵的雲
這裡吹送，那裡吹送

雲瘦了瘦自己如棉絮潔白
棉絮的潔白就是棉絮心的潔白
裡裡外外，一身自在

此輯寫作：二〇一四・七・十一至二〇一五・一・廿九

閱讀大詩35　PG1395

松下聽濤
──蕭蕭禪詩集

作　　者　蕭　蕭
責任編輯　黃姣潔
圖文排版　連婕妘
封面設計　楊廣榕

出版策劃　釀出版
製作發行　秀威資訊科技股份有限公司
114 台北市內湖區瑞光路76巷65號1樓
電話：+886-2-2796-3638　傳真：+886-2-2796-1377
服務信箱：service@showwe.com.tw
http://www.showwe.com.tw
郵政劃撥　19563868　戶名：秀威資訊科技股份有限公司
展售門市　國家書店【松江門市】
104 台北市中山區松江路209號1樓
電話：+886-2-2518-0207　傳真：+886-2-2518-0778
網路訂購　秀威網路書店：http://www.bodbooks.com.tw
國家網路書店：http://www.govbooks.com.tw
法律顧問　毛國樑　律師
總 經 銷　聯合發行股份有限公司
231新北市新店區寶橋路235巷6弄6號4F
電話：+886-2-2917-8022　傳真：+886-2-2915-6275

出版日期　2015年7月　BOD一版
定　　價　260元

Printed in Taiwan

國家圖書館出版品預行編目

松下聽濤：蕭蕭禪詩集 / 蕭蕭著. -- 一版. -- 臺北市：
釀出版, 2015.07
面； 公分. -- (閱讀大詩；PG01395)
BOD版
ISBN 978-986-445-020-6(平裝)

851.486　　104011308

讀者回函卡

感謝您購買本書，為提升服務品質，請填妥以下資料，將讀者回函卡直接寄回或傳真本公司，收到您的寶貴意見後，我們會收藏記錄及檢討，謝謝！如您需要了解本公司最新出版書目、購書優惠或企劃活動，歡迎您上網查詢或下載相關資料：http:// www.showwe.com.tw

您購買的書名：______________________________

出生日期：______年______月______日

學歷：□高中(含)以下　□大專　□研究所(含)以上

職業：□製造業　□金融業　□資訊業　□軍警　□傳播業　□自由業

□服務業　□公務員　□教職　□學生　□家管　□其它_____

購書地點：□網路書店　□實體書店　□書展　□郵購　□贈閱　□其他

您從何得知本書的消息？

□網路書店　□實體書店　□網路搜尋　□電子報　□書訊　□雜誌

□傳播媒體　□親友推薦　□網站推薦　□部落格　□其他________

您對本書的評價：（請填代號　1.非常滿意　2.滿意　3.尚可　4.再改進）

封面設計____　版面編排____　內容____　文／譯筆____　價格____

讀完書後您覺得：

□很有收穫　□有收穫　□收穫不多　□沒收穫

對我們的建議：______________________________

____

____

____

請貼
郵票

11466
台北市內湖區瑞光路 76 巷 65 號 1 樓
秀威資訊科技股份有限公司 收
BOD 數位出版事業部

....

（請沿線對折寄回，謝謝！）

姓　　名：＿＿＿＿＿＿＿＿　年齡：＿＿＿＿　性別：□女　□男

郵遞區號：□□□□□

地　　址：＿＿＿＿＿＿＿＿＿＿＿＿＿＿＿＿

聯絡電話：(日)＿＿＿＿＿＿＿＿＿(夜)＿＿＿＿＿＿＿＿＿

E-mail：＿＿＿＿＿＿＿＿＿＿＿＿＿＿＿＿